함께 있고 싶은 사람

눈꽃 김순희 시집

함께 있고 싶은 사람

그림시집 ❶

눈꽃 김순희

◐◑ 문학수첩

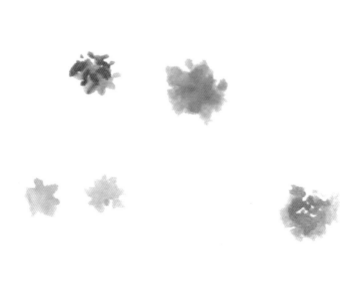

시인의 말

망각의 나라에 들 때까지 시를 사랑하리,
주님의 손길에 나의 마지막 생을 맡길 때까지
당신과 함께 노래하고 웃으며 기뻐하리,

이 시집은
추억의 해변에 밀물져오는 나의 지난날과
사랑하는 가족과 친지,
다정한 이웃과의 못 잊을 감동들을 담은 보석함이자
일상의 뜰에서 만난 아름다운 인연들에 대한 비망록이다.

언제나
언제까지나 함께 있고 싶은 당신,
감사합니다.

2017년 봄
눈꽃 김순희

제1부

제2부

제3부

제4부

제5부

제 1 부

내
생
각

풀잎은
바람만이 흥이고
축복이며
사랑이네

바람이 일면
먼발치서도 알아차리고
사르르 몸을 떠네

바람이 다가서면
기다렸다는 듯
온몸으로 춤추고
노래하네

노래의 끝은

그러나

바람을 배웅하는 일

붙들어 지키지 못하고

이별의 손을 흔드네

아픈 마음 달래며

고요히

풀잎은 다시

기약 없이 바람을 기다리네

당신을 처음 만난 날이었어요

정릉 산길
폭풍우 지나간 숲에
기다렸다는 듯 햇빛이 쏟아지고 있었지요

마음으로 그려보던
키 크고 유난히 코가 반짝이는 남자가
활짝 웃음으로
기다리며 서 있었어요

배롱나무 옆에서
눈부신 세상 빛 처음 보듯이
당신을 보았어요

뇌 속까지 환히 타는
그 빛
지금도 가슴 저리게 눈부셔요

겨울잠 깬 온실 튤립이
아침 햇살에
새잎을 내밉니다

창밖 버드나무 가지엔
새순이 움트고
마음의 살갗에 온기가 흐릅니다

창문을 엽니다
새소리가 들립니다
봄꽃들이 오고 있답니다

따뜻해지는 햇살만큼
무거워지는 외투
어느새 마음에도 봄이 온 듯

생각 여기저기
추억 여기저기에
흙들이 일어납니다

서둘러 뜰에 나가
고랑을 파고
꽃씨를 뿌립니다

보
고

싶
은

마
음

보고 싶은 마음은
무슨 빛일까?
이른 아침
멀리서 천천히 밀려오는
안개빛?

오선지에 올려놓으면
무슨 음계일까?
풍금으로 연주하면
맑고 투명한 라?
아니면
낮고 굵은 도?

들리지 않지만…
꼭 한번 듣고 싶은 목소리
작고도 크게
가슴 쿵쿵 울리네

여
의
도

썩은 고기 한 점도
게걸스럽게 달려드는
하이에나

지역구 금배지
물고 뜯는 하이에나 후예
지켜보는 수천 눈동자를 잊었을까

오늘도
종일 눈과 귀를 아프게 하는
탐식가들의 으르렁대는
공천 싸움

분노하기보다
구토하고 싶은,
봄마저 멈칫거리는 사월

시끄러운 텔레비전 꺼버려도
게걸스럽게 어른대는
검은 양복쟁이 그림자

거
짓
말

친구가 잘 되면 기쁘지
사촌이 땅 사는데
왜 배 아프다고 할까

난 남의 흉 절대로 안 봐
비밀도 잘 지켜주지

내 약점 꼬집어 말해줘도
절대로 마음 상하지 않아
고맙고 고맙지

너 아직 그대로구나
젊어 보여
탤런트 같아

난 거짓말 못 해
거짓말이라고는
한마디도 할 줄 몰라

하지만 오늘이
만우절이라는 건 알지?

방송에서 봄비 소식을 물어다 준다
곡우에 비 오면 풍년이라고

목마른 철쭉, 축 늘어진 원추리 잎
미세먼지로 기침하며
마스크 뒤에 숨는
바삭한 얼굴—들

우리 마음에 풍년 가져올
비가 내렸으면 좋겠다

마스크 대신
활짝 웃는 모란꽃 닮은
네 얼굴 볼 수 있었으면

비야 내려라
사랑하는 임같이 반가운 봄비야

일 년을 시작하는 곡우
삶의 걸음 가볍게
내 가슴에도
시원하게 내려다오

남영동 언덕
햇빛이 와서 평화로이 노는
양옥 마당

하얀 목련꽃 가득 피었었지
너의 얼굴 눈부셔
눈을 감아버렸어

그 얼굴
지금 어떻게 변했을까?

서른 봄 지나간 그 마당
목련 섰던 자리
웃어주던 얼굴 대신
우뚝 선 빌딩이 낯설다

4월은
다시 오는데

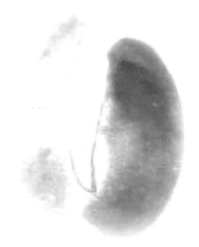

휴대폰을 바꾸었다
모든 게 낯설다
무인도에 뚝 떨어진 로빈슨 크루소

이름 번지수 서열
몽땅 뒤죽박죽이다
보물처럼 간직해온 글 모음이
물거품처럼 날아가버렸다

세상에...

손바닥에 놓고 주무르던 휴대폰이
나를 조종하고 있는 줄
어찌 알았으랴

정말 기막혀!

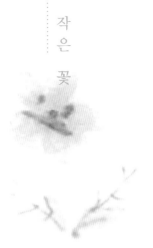

작
은

꽃

보도블록 틈을 비집고 올라온
작은 풀 한 포기가
노란 꽃을 피웠다

빈 주머니 환자복
핏기 없는 나를 보며
말없는 용기를 피워준다

힘내세요!
당신은 곧 나을 거예요
무섭게 찌르는 통증
제풀에 사라질 거예요

물기 없이 답답한 보도블록 틈
키 작은 풀꽃 한 송이가
생각지도 못한 미소를 준다

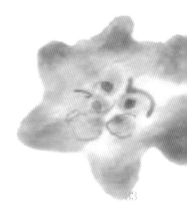

아침도 점심도 아닌 출출한 시간
털보 엿장수 가위소리 반갑다

"하얀 엿 깨엿 갱엿이 왔어요!
뚫어진 고무신
찌그러진 양은 냄비 다 받아요."

털보 엿장수 구수한 목소리
군침이 돈다

검정 고무신 맞바꾼 깨엿
어쩜 이리도 달콤할까

멀어져가는 엿장수 가위 소리 따라
검정 고무신 멀어져가고

엄마 큰 눈이 와락 커져 온다

여
보
에
게

오늘 새벽 출장 떠난 당신

참 오래된 거 같네요

낮에는 일상처럼 지냈지요

점심 맛있게 먹고

애들이랑 웃고 지냈어요

해가 지네요

차량 불빛들 마음이 바쁜 거 같아요

기다리는 식구가 있나봐요

여보, 집이 왜 이렇게 넓지요?

왜 이렇게 서늘하지요?

보일러는 마냥 돌고 있는데

집안이 왜 이렇게 어둡지요?

전등을 모두 다 밝혔는데

조금 무서워지네요

아직 하루가 지나지 않았건만

여보! 당신의 자리, 바다보다 넓네요

기다릴 수 있는 당신이 있어 행복해요

"빨리 오세요"

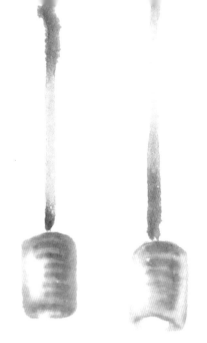

함
께

있
고

싶
은

사
람

당신은

늘 함께 있고 싶은 사람

한마디 말 없어도

눈빛으로 온갖 말 다 해주는 사람

우리

꽃 시절에 만났으니

미끄러운 빙판길도

두 손 꼭 잡고

꽃 시절처럼 걸어요

황혼 찬란한 빛살 아래

주름살도 예쁘다 웃어주며

우리

빛살보다 환히 빛나요

아
들

좋은 일이 있으면
제일 먼저 알리고

맛있는 게 있으면
제일 먼저 먹였지만
늘 더 먹이고 싶은 마음

너를 보면
절로 웃음이 나온다

힘들어도
조금도 힘들지 않게 하는
의로운 왕자

나의 엔돌핀!

봄이 오는 길목

양지바른 중랑교 둘레길
나뭇가지 사이로
바람이 차다

가는 듯 마는 듯
길 떠나는 겨울 너머로
가지 끝에 매달린 까치집이 외롭다

따사로운 햇살
봄이 기지개 켜고
버드나무는
봄 맞을 준비로 얼마나 마음 바쁠까

3월 햇살이 빈 까치집에 날아든다

보
았
니
?

바람에 날려가는 벚꽃 보며
아쉬워하는 마음 보았니?

소리 없이 내리는 봄비 속에
쏟아지는 내 그리움 보았니?

반짝이는 햇살 가득 담은
내 눈빛 보았니?

진달래 붉어진 얼굴 앞에
수줍은 내 마음 보았니?

아침 풀잎에서 만나자 했던
내일의 약속
정말 못 보았니?

양재동 언덕 앞을 지나가면
자꾸만 그 골목길 눈에 밟힌다

언뜻 발길을 돌리면
언니야 하고 뛰어나올 것 같아

매일 얼굴 맞대고 웃고
내가 아플 때 엄마가 되어준 너
오늘은 네가 없는 서울이 횡 하구나

뉴질랜드에서 손주 재롱에
언니를 싹 잊어버린 거 아니냐?
가을이 오려는지
아침저녁 싸늘한 바람이 분다
내년엔 돌아오겠지?
강남 갔던 제비 돌아오듯이

오늘도 네 집 동네 앞을 지나왔어
빨리 봄이 왔으면…
봄에는 돌아올 거지!?

마 음 한 조 각

비가 오시는 듯
햇살이 살짜기 옵시는 듯

옷장을 정리하는 마음
갈피 못 잡겠다

이런 날이면
네가 보고 싶어

무얼 하고 있을까
무슨 생각하고 있을까

여름 블라우스 내어볼까
겨울 재킷 입어볼까

너를 불러낼까
아니면 모른다고 할까

비가 오시는 듯
햇빛이 살짜기 옵시는 듯

추억이 내리네

봄비가 내리네
촉촉이
내 마음에도 내리네

창밖 뜰에 핀
노란 장미 한 송이
추억의 덕수궁 거리로
나를 이끄네

빗속에 가로등이 젖고
우산 속
우린 할 말이 많았지
발이 젖어도
어깨가 흠뻑 젖어도

얼마나 변했을까
친구야
지금은 어디 살고 있니?

너 살고 있는
그곳에도
비가 내리니?

네 눈을
가만히 들여다보면
웃음보 가득 차서
금방이라도 터질 것 같다

네 눈을
한참 들여다보면
할 말이 많고 많아
퐁당 빠져버릴 것 같다

네 눈 속에 빠져버리면
나 어떻게 헤어날까?

제 2 부

비 다녀간 뜰에
상쾌한 바람 불어오고
나무와 꽃들 한껏 푸른
정릉 언덕 옛 한옥

모처럼 나온 부부동반 나들이
밭에서 갓 따온 상추
불고기 쌈 싸먹는 이 맛!

앞치마 두른 푸근한 아주머니 얼굴에
어머니를 읽다가
삼십여 년 전 한껏 푸른
우리 젊은 시절 얘기 꽃피울 때

비 개인 구름 한 장
우리 얘기에 끼어들고 싶은가
머리 바로 위에서 머뭇대는
여름 낮 한 때

마음 한가운데가 더워지기 시작한다

징
검
다
리

제 몸으로 길을 막지 않으려
한쪽에 비켜서서
하늘만 올려다보고 있다

인기척에 흠칫 놀라며
혹시라도 이장님 삼베옷 적셔놓을까
등을 가져다 대고
마음까지 엎드리는 징검돌

오가는 마을 사람들 행여

발 미끄러져

내동댕이쳐지면 어쩌나

매일 매일

매사에 조심하는

그의 등에 비가 내린다

비

비는 그리움이라지요
슬픔이라지요

어제 그제 이어
오늘도 비가 옵니다
세차게 퍼붓다가
멈칫 소리를 죽이고
가만히 내 얼굴을 들여다봅니다

기다리던 비인데
마른장마라고
한숨 소리 많았는데

점점 세차게 내리는 빗방울
무슨 말인가
들려주고 싶은 얘기
있지 않을까요?

파도가 출렁이며 손짓해도
따사로운 햇빛이
등을 어루만져도

무심한 척
속으로만 깊게 품었다

많은 밤을 아파하고,
그리워하고
꿈을 꾸었어도

모래 깊숙이 묻어두었다

하얀 심장 하나
달빛에 영글어간다

보
름
달

어스름 저녁 양재천
산책 중이다
"여보
나
고백할 게 있어요"

조막만한 새 하나 울며 지나간다

흘낏 넘겨보는 남편 얼굴

차렷 자세다

"말해요"

"당신을

너무 좋아하는 게

큰 흠이야"

두 얼굴에

환히 보름달 하나씩 떴다

번
개
팀

약속 없이도 만나자
번개 쳐서 만나자

보고 싶은 사람이
무작정 달려가자

창에 불 꺼져 있으면 어때
마음 가득
난롯불 타고 있는데

번개 쳐서 만나자
약속 없이도 만나자

카톡도 비자 받아야 하나

문자를 보냈다
묶어놓았던 숱한 이야기들
쑥스러워 담아놓기만 했던 말까지
국숫발처럼 풀어놓았다

돋보기안경 넘어 찾아드는 글자
네 얼굴이었다
내 마음이었다
다시 네 얼굴이었다

카톡 창을 여니
여태 아무 말이 없다
어제 실어 보낸 글자는
구름에 적은 안개비

어쩜
카톡도 비자 받아야 하나
차단 설정해놓은 폰은
문을 꼭꼭 닫아걸었다

벙어리 냉가슴!

지 하 철 에　무 슨　일 이

아침 지하철 3호선
한참을 졸았어도 제자리걸음이다

"안전거리 유지로 불편을 드려서 죄송합니다."
무감정한 안내방송
알파고 목소리다

인간이 기계를 지배하나
기계가 인간을 조정하나

약속 시간은 토끼처럼 달리고
지하철은 여전히 제자리걸음

마음만 헐레벌떡 저 앞에 달려간다

자동차 키를 잃어버렸다
약속 시간은 가까워 오는데
핸드백 속엔 휴대폰도 없다

무인도에 혼자 남은 기분,
출구를 찾지 못하는 모르모트다

기억 속 뱅뱅 맴돌기만 하는
전화번호
무심하게 살았던 어제

키 하나에 허둥지둥 흔들리고 있다

문득 꿈을 깨었다
손 안에 들려 있는 자동차 키가
나를 빤히 쳐다보고 있다

장
미

도도해설까,
애써 감추는 듯해도
입가에 가득 번져나는 미소

그러나 어찌
눈에 보이는 것이
가슴에 담겨 있는
모든 것일 수 있으랴

마음 살짝 보여주고
돌아서며
먼 산에 눈 줄 때

보일 듯 말 듯
문득 눈가에 글썽이는
이슬

하늘은 멀어
다가서지 못하고
낯붉히고 돌아서 있는
오후

아무 말 못하고
서 있어도
눈에 잡히는 미소

비

오

는

날

비가 오네요

솔잎에 맺히는 빗방울
당신의 얼굴이 보여요
웃고 있는 당신

장미 꽃잎에 맺히는 빗방울에도
당신이 웃고 있네요

지금 당신도 비를 보고 있나요?

빗방울 소리
당신 기척 나면
창문을 활짝 열어놓을게요

망
초
꽃
의

눈
물

잡초 속에 제멋대로 피어났다고
무자비하게 베어버리지 마세요

무리 지어 피어난 우리

바람과 놀 때

하얀 얼굴들 반갑지 않으세요?

베어버리지 마세요

사랑해주지 않아도

우리 섭섭다 아니하고

그냥 손 흔들며 웃어드릴게요

바다가 보이는 베란다에서

새 두 마리
나뭇가지에
머리 맞대고 앉았다

나뭇가지 사이로
하늘이 내려오고
머언 바다가 다가오는 듯

한 마리 날아가고
한 마리 뒤따라가고
허전한 나무
멀리 하늘과 바다가 서로 손잡은 듯해도
가까이 보면 떨어져 있다

하지만 당신과 나
50년 세월
줄 하나에 손잡고 오면서
하늘과 바다 사이에 머무는
평화를 배웠다

한 마리 날아가고
한 마리 뒤따라가는
그런 행복도 배웠다

전 복

목
걸
이

시누님이
허전한 목에 걸어주신
아기 전복껍질 목걸이

진주보다
값지고
많은 말보다
깊은 정

목걸이에 아롱지는
실비치(Seal Beach) 바닷가 추억

갈매기 날고
햇빛에 반짝이는 파도
출렁이며 밀려온다

바닷가에서

하늘은 맑고
바다는 숱한 얘깃거리 가진 듯
밀물져오는데

벅차오르는 가슴
한 마디도 표현할 수 없으니
어쩌면 좋아

살랑대는 바람에
절로 풀리는 마음

아침저녁으로
오묘한 빛깔 내보이며
출렁이는 바다

아는 체라도 해주면 좋으련만

밀려오는 파도에 나를 태우고
부서지는 파도에 나를 버린다

살아가면서
속 깊은 얘기 툭 털어놓아도
부담 가지 않는
그런 친구 한 명 있으면 좋겠습니다

울고 싶을 때
어깨에 기대어 눈물 펑펑 쏟아도
느티나무처럼 편하게 받아주는 친구

외로울 때 달이 되어주고
행복할 때 해가 되어주는
산바람 같은 친구

알고 보니 당신이었습니다

내 멋진 친구

앞
길

왜 이 길로 가자 했을까?

무겁게 내려앉은 잿빛 하늘처럼
무겁게 꽉 잠긴 차들
가야 할 길은 반 넘어 남았는데

이렇게 막힐 줄 알았으면
애초에 나서지 않았으리

고속버스는 신나게 달리는데
내 차는
한 시간째 제자리

알 것 같으면서도 알 수 없는
보일 것 같으면서도 좀체 보이지 않는
앞길

왜 이 길로 가자 했을까?

볏짚 태우던 도롱리
외할머니 사과밭

활짝 열어놓은 창문 사이로
못 다한 우리들 이야기
하얀 연기로 불어옵니다

여름을 보내고
사과가 빨갛게 익어가는
10월이 옵니다

제 3 부

그 많던 새들
다 어디 갔을까

어스름 녘
백일홍 빠알간 꽃들만 나를 쳐다본다

뜨겁던 해는 가고
달은 오지 않고
바람은 잠들었다

허전한 마음 달래느라
몇 시간째 하모니카를 분다

달빛이 조용히 옆에 와 앉는다

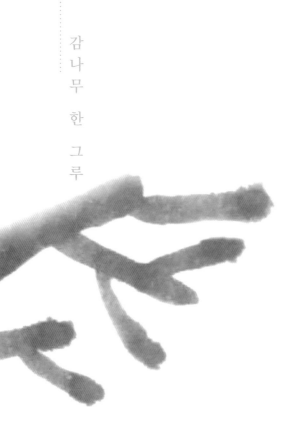

감
나
무

한

그
루

펜션 뒤뜰
빨갛게 익은 감들이
등잔불보다 환하다

감나무 아래 모여 놀던
고향 친구 얼굴들이
홍시로 달린다

초가집 헐리고
물 긷던 우물
꽃밭으로 바뀌고

이젠 빨간 그리움으로 익어가는 옛일들
우리 아버지 어머니
환하게 웃으시네

바람이 불어가면서
무슨 말 했을까?

흔들리는 나뭇잎은
뭐라고 대답했을까?

구름은 흔들리는 나뭇잎에게
무어라고 귓속말했을까?

잠자리는 왜
바람을 타고 날아다닐까?

바람은 무슨 생각으로
억새풀 머리를 쓰다듬고 갔을까?

나는 왜 이렇게
알고 싶은 게 많은 걸까?

가을 하늘은 저리 푸르고
무덤덤하기만 한데

장
호
원

사
과
밭

매괴 성당 뒤편

구부러진 길 언덕

빨간 사과밭

이브의 눈먼 유혹에 빠진 듯
까치 잇자국 안고 꿈꾸는 사과

천둥 비바람에 철들고
은빛 찬 서리에 익어왔었지

추억에 매달리는
달콤한 그 맛
깔깔대는 그 웃음소리들

목
마
른

백
담
사

계
곡

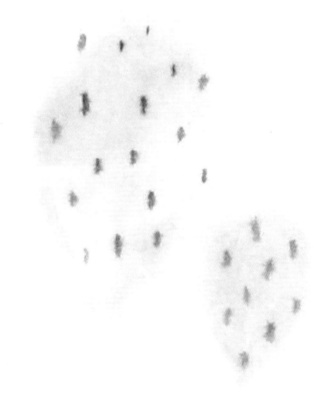

만나자 약속해놓고

오늘 내일 미루기만 하고

오는 듯 멈춰 서버린

당신!

기다림에 지쳐

돌아서는 나를

왜

멈춰 서게 하나요

기다려주어 고맙다는 말 대신

비가 내리네요

가슴 저리게

외딴 산속 깊숙이 들어앉은
3층 시멘트 건물

안으로 들어가니
다닥다닥 붙여놓은 철 침대 하얀 머리들
붕대로 손이 꽁꽁 묶인
성깔 있는 할매로 변한 옆집 할머니

날 알아보긴 하셨는지
들고 간 과일바구니,
제대로 맛볼 수는 있을는지

곁에 있어도 더 해줄 일 없어
병실을 나선다
저 아래 논에는 갓 모내기한
벼 포기들이 눈부시게 파랗다

산다는 게 무엇일까?

돌아오는 길목
쓰러져 누운 늙은 나무 한 그루
길을 막는다

선
인
장

꽃

선인장
꽃이 피었다
마치 아픈 상처인 듯
빨갛게

목마름을 가시로 버티고
가슴 속 뜨거운 열정은
핏빛 꽃으로 피었는가

얼마나 아팠을까
얼마나 힘들었을까

두 손을 꼭 쥐게 하는 꽃

낙엽은
나무들이 이별할 때 흘리는 눈물

은행나무는
노란 눈물

단풍나무는
빨간 눈물

은행나무가 우는 것은
슬프기만 한 게 아닐 것이야

단풍나무 빨갛게 우는 것도
이별이 서럽기만 한 게 아닐 것이야

나무들이
노랗게 빨갛게 울어서
가을 하늘이
더 높고 푸른 것이야

고
속
도
로

네가 없었다면
네가 오지 않았다면
수많은 사람들의 만남이 어떻게 되었을까?

서울 여자
부산 남자
한걸음에 인연 만들어준
뚜쟁이
너는

강원도 산나물 먹고
부산 자갈치시장 갈치조림 맛보고
보성 녹차 입가심으로
하루를 다리 놓아주었지

다쳐도 짓밟혀도 묵묵히 견뎌온
너의 넉넉한 품
근심, 스트레스, 무거운 짐
몽땅 실어갈 수 없을까?

큰
언
니

빨랫줄에 널린 하얀 호청에
환하게 웃는 큰언니 얼굴
때로는 느티나무 그늘이 되어주고

피곤할 때 정자가 되어주고
서울에 징검다리 놓아주는
어머니 닮은 푸근한 미소

여름날 저녁 마루에 둘러앉아

봉숭아꽃 물들여주던 큰언니

지금은 누구 손톱에 물들여주고 있을까

서울행 고속버스가

출발을 기다리고 섰다

단풍나무 가지에 내려앉은 가을
붉은 듯 노란 때깔
너도
이제는 익어가고 있구나

봄날 새싹으로
여름 뜨거운 고통
아버지 마음으로 참아왔구나

싸늘한 아침 뜨거운 한낮

누군가가 그리워지는데
네가
가을 선물로 다가서는구나

가을꽃으로 오는
너의 새치가 곱구나

봉평리 마을버스 정류장에

넓찍한 평상 하나

덩그러니 앉아 있다

메밀 전 구수하게 익어가면
삼베 적삼 할배들
장이야 멍이야 신이 나고

"영감은 웬수야, 웬수!"
주름진 할머니 입가에
미운 정 고운 정 깊이 쌓여가도
궁금한 바람 건들거리며
한몫 거드는데

그 순간에도

힘껏 몸 부풀리고 떠올라
널따랗게 그늘 펴놓고 서 있는
느티나무

봉평장이 다시 선다

소
머
리
국
밥
집

여주 가는 길에 비를 만났다
나무, 풀, 꽃들
물 마시는 소리가 달다
갑자기 소머리국밥이 먹고 싶다

원조 집을 찾아 나섰다
허름한 한옥이 섰던 자리엔
3층 건물이 턱 버티고 섰다

후덕한 할머니 손맛
잘 익은 깍두기
파 듬뿍 얹은 따끈한 소머리국밥

빗소리 장단 밴 국물 맛에
갈 길을 잊었다

청
국
장

사직터널 들어서기 전
왼쪽 언덕길 초입
허름한 한옥 앞에
길게 줄 서 있는 사람들

찬찬히 훑어보면 수염 긴 사람
피부색 하얀 외국인
긴 머리를 묶은 청년

길거리에서 차례를 기다리고 섰다
호기심 반 섞어 나도 줄 뒤에 섰다
콩나물, 상추무침, 무채나물, 청국장

외할머니, 손맛이다
엄마 손맛.
포식한 뒤에도 늘 하나 모자랐던
바로 그 맛!

고
맙
다

열네 살, 열세 살
친손자 외손자 둘이
엉겨붙어 뒹굴고 있는
정월 초하루

변성기 들어선 목소리는
오리 목소리 닮아가고
거뭇거뭇
코밑에 솟아난 수염

열 달을 참지 못하고
여덟 달 반 만에 성질 급하게 태어난
새까맣고 쭈글쭈글한 핏덩이
아픈 가슴으로 만났던 외손자

가슴 태우며 바라보기만 했던
고 조그만 원숭이 새끼 닮았던 네가
열세 해
잘 자라, 듬직한 형이랑
뒹굴고 얽히는
세상에서 제일 귀한 내 새끼들

가슴 벅차오르는 새해 아침

동해 바닷가에서 새해 맞는 기쁨보다
정동진 해맞이보다
너희들 모습이 더 좋다

어제 미세먼지 다 날아가고
오늘은 하늘이 참 맑고 푸르구나
날씨가 차갑다
옷 든든히 입고
둥근 해처럼 밝아라

붉은 단풍잎, 너는
빨간 립스틱으로
여름날의 열정을 남기고 싶었는가

노랗게 새로 태어나는 은행나무
환한 불빛으로
마음 설레게 하고

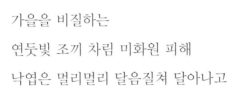

가을을 비질하는
연둣빛 조끼 차림 미화원 피해
낙엽은 멀리멀리 달음질쳐 달아나고

구름 사이로
징검다리 건너는
11월 햇살

여름 가고 시월의 마지막 날 가고
11월마저 가고 있어도
마음은 천천히 걷고 싶어라

가을이
단풍잎
하나 둘 세며 떠나네

게
을
러
지
고

싶
은

날

방바닥에 자유롭게 쉬고 있는
신문지
갈지자로 널브러진 옷가지들

화분 꽃이 목마른지
힘없이 축 늘어져 있다

물을 먹여줘야 할 텐데
생각으로 물주고 청소하고

한없이 게을러지고 싶은
금요일 오후 여섯 시

널 좋아할까봐
널 사랑할까봐
널 볼 수 없이 될까봐

망초꽃 흰 손수건처럼
흔들리는 들판에서
혼자 중얼거렸지

바람아
망초꽃 더 이상
흔들어놓고 가지 말라고!

널 좋아할까봐
널 사랑할까봐
널 볼 수 없이 될까봐

커
피

잔

생일 축하한다며 어머님이 건네주셨던
꽃그림 예쁜
커피 잔 하나
식탁 한가운데 동그마니 앉았습니다

식구들 각자 제 일 찾아 서둘러 나가고
조용한 시간
커피 향에서 피어나는
돈암동 그 옛집 생각

지금은
아득한 추억으로 다가옵니다

어머니 진한 사랑 닮은
꽃그림 예쁜
커피 잔 둘레가
더없이 아늑한 요람입니다

달력이 찢겨나간 자리에

나는

무엇을 채워야 하는지

11월이 숨 가쁘게 문턱을

넘어가는 이 밤

'내 인생에 가을이 온다면'

음악을 듣고 있자니

가슴이 싸하다

사랑한다는 말
얼마나 해주었는지
행복하다는 말
또 얼마나 해주었는지

문을 꼭꼭 닫고
잠들고 싶은 이 밤에
가슴으로 스며드는 노래

'내 인생에 가을이 온다면'
나는
무엇이라고 말할 수 있을는지

제 4 부

눈
길

밤새
창밖에서
뜬눈으로 기다리고 있었구나

길 끝으로
한없이 이어지는 그리움

눈이 내리면
너와 나 사이
하나로 이어지는 길

긴긴 이야기가
손잡는
이 순백의 오솔길

　　창밖에서
　　나를
　　뜬눈으로 기다리고 있었구나

눈
꽃

장미꽃보다
환하고
진정 화려한 꽃을 보셨나요

장미보다
더 사랑받고
양귀비보다 더 애틋한
미소를 보세요

모두들 떠나버린
빈 나뭇가지에
숨 막히도록 환하게 피어난
눈꽃

따뜻한 햇살이 내리면
스르르 몸 풀어
마음속으로 스며드는
어머니 닮고 싶은
마음

겨울을 기다려
나뭇가지에 꽃으로 피는
내 일생을
당신만은 잊지 말아요

유
리
창

창밖에 서 있지 말고
들어오세요

따뜻한 차 한 잔 끓여놓고
기다렸어요

오늘 하루를 마치고
창가에 앉아 내다보는
달빛 뜰에 가득한 여유로움

어서
들어오세요, 내 가슴에!

선
달
그
믐

섣달그믐을 보내며
축복을 비는 때

바쁘다는 핑계로
잊고 살았던 나를 생각한다

나를 얼마나 따뜻하게 감싸주었던가
손가락으로 숫자를 꼽고
오늘만은
나를 축복해주고 싶다

정말 고맙다

나는 누구일까?

나 떠나고 나면
뒷모습
어떤 기억으로 남겨질까?

울고 웃고
화내고 사랑하고

봄 여름 가을 겨울이
왔다 가고
어느덧
황혼이 가까이 섰다

또 하나의
세계가 기다리고 있다
거기서
나는 또 다른 나겠지

또 다른 나는
어떤 모습일까?

남겨진 그림자
사람들이 진정 좋아해 줄까?

나를 따라다니는

그림자

아침 햇살
길어진 자랑
기린 목 닮아가고

정오 햇살
주눅 든 마음
자라 목 닮았다

어느새
소파에 길게 드리운
코를 고는 저녁노을

길어도
짧막해도
그 자리 거기서 맴도는
너

알고 보니
내가 너의
그림자였네

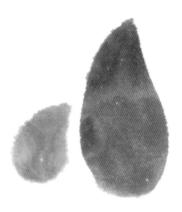

비가 오는 듯 멈춰서고
바람이 부는 듯 잠잠하고
카톡 까똑
울리던 소리마저 잠들었다

하얀 도화지
물속인가
산속인가

멍한 머릿속
텅 빈 눈동자

심심하달까
자유롭달까

하늘도
회색빛이다

아침도
점심도 아닌
10시 30분

내 마음은 어디 갔을까?

둘이서 눈 맞추며
온갖 말 다 하고도
먼 길 떠나려면 시무룩해진다

손 내밀면 달려와
생뚱맞게 키 재기하자며
까치발 들고

먼 바다 구경하노라
넋 나가 있으면
고개 빼고 기다리고 서 있다가
걸음 늦춰 보조 맞추는,

추운 날
외투 깃 세워주고
잊지 않고 그때마다 등 다독여주는

실수를 해도
씨익 웃어주고
먼 산처럼 서서
말없이 미소로 바라보는

천 날을, 다시 천 날을
수없이 반복해도
여전할 당신!

잠으로의 여행

밤 열시 반

마음이 눈 뜬다

물기 빠진 육신은

편한 잠자리에 눕고 싶어 하는데

잘못 디딘 발걸음

마음대로 움직여지지 않고

말똥해져가는 머릿속

잡고 싶은 잠은

점점 멀어져가는데

더 멀어져가는 밤

오늘도

수면유도제 한 알 삼키고

마음과 육신을

풍덩

잠이라는 여행으로 떠나보내야 하나?

날이 맵다
움츠리지 말자

날이 흐리다
마음까지 흐리지 말자

친구야
창문을 열어볼래?
손 흔들며 웃어줄래?

우리를 보고
햇빛이
따뜻한 미소를 보낼 거야

네 미소가 햇빛이야
내 가슴은 하늘이야

괜
찮
아

뜻밖의 고백을 들었다
무쇠도 씹어 삼킬 수 있게 보이고
만년 청춘일 줄 알았던 그가
많이 아프다고 한다

태연한 척해도
그렁그렁한 눈, 떨리는 음성
얼굴빛이 창백하다

마주 잡은 손은
마른 나뭇가지처럼 바삭댔고
그와 나 사이에 찬바람이 불었다

염려하지 말아요
두려워하지도 말아요
그 분의 큰 손으로
봄이 오고 있어요

속으로 되뇐다
괜찮아!
괜찮아!

집
밥
이

먹
고

싶
다

아내가 차려주는
잡곡밥, 얼큰한 두부찌개, 콩나물무침
호박나물, 김치
매일 먹는 밥

맛있지도
맛없지도 않고 그저 그런 맛
질리지 않는 맛!

고맙지도 않고
자랑할 것도 없는
일상이 돼버린 밥

사흘 집 떠난 남편 문자가 왔다

"집밥이 먹고 싶소"

바
가
지 —남편이 나에게 준 시

오늘도
바가지를 긁는다

박 속보다 깊이 긁어도
마르지 않는 샘

반백년 긁어도 마르지 않을
마누라 잔소리

"나는 애교로 들린다"

오늘도
바가지 긁는 소리
자장가로 들려온다

우린
말이 없어도
괜찮다
눈빛이
다 말해주니까

같이 있지 않아도
괜찮다
세월에
잘 익은 장맛 같아서

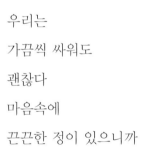

우리는
가끔씩 싸워도
괜찮다
마음속에
끈끈한 정이 있으니까

무심코 내려다본 샌들코 밑에
손톱만한 노란 꽃이 하나
살고 있다
작지만 무척 예쁘다

작은 집

작은 마당

앙증맞게 작은 자동차

어떤 사람이 살고 있을까?

지나가는 바람도

행여 다칠까

가만가만 불어간다

작은 꽃

작은 마당

작은 자동차

분명 예쁜 사람이 살고 있을 거야

버둥대며 매달려 있는 달력 한 장

마음 무거울 땐 더디 가고
기쁠 땐 새털처럼 가볍더니
가슴 아플 땐
검은 반점으로 솟아납니다

봄

여름

가을

겨울

어느덧 다가선 한 해 벼랑 끝

지나간 시간 되돌려 찾아 나섭니다

미안해요
고마워요
사랑해요
마지막 남아 있는 말
말하겠어요
고백하겠어요

하나 남은 숫자가
삼백예순날보다
더 길게 남았으면 좋겠어요

환자용 침대에 누워 실려 간다
하얀 천장 길
남편 얼굴 따라오고
흰 가운 입은 간호사
빈 주머니 정말 비었는지 뒤진다

보청기, 콘택트렌즈, 틀니
귀고리 반지, 현금, 낱낱이 묻는다
한순간에 빈손 빈 주머니로
환자복 한 벌에 숨는다

한 번도 가보지 않은 길
한 번은 가야 하는 길
남은 이생의 정겨운 얼굴들
마음 한가득 넘치고...

도마 위
기절 당한 한 마리 물고기
칼질 당하고 병든 쓸개 떼어내도
침묵하는 시간이 곧 올 것이다

육신을 잠재워도
나른한 마취제에 취한 영혼
무엇을 느낄까?

일찍 망가뜨린 쓸개
주께 반환하러 가는
도마 위
기절한 한 마리 물고기

제 5 부

내 마음 작은 창

파란 하늘이 보여요

봄엔

마른 나뭇가지

파란 싹이 움트고

여름엔

무성한 잎새들

새들 불러 더위를 식히죠

가을 오면
노란 은행잎, 빨간 단풍잎에
꿈을 새기고

겨울 되면
키 크고 품 넓은 느티나무
눈꽃이 활짝 피어나지요

내 마음 작은 창 열리는 날
후회 없이 한 조각 바람 되어
날아가겠어요

훨훨, 높이높이…

강변도로에 어둠이 찾아든다
가로등 건너
아파트들이 깊은 생각에 잠기는 밤

희미해진 하루의 기운이
제1 한강철교에 눕고
하늘은
검푸른 빛으로 잠을 청한다

강물은 어둡다
조용해진 강 속에서
물고기는 달빛을 기다린다

한강은
또 하나의 이야기 속으로 흐른다

부활의 아침에

똑! 똑! 똑!
누가 찾아왔을까

문 두드리는 소리에
다시 뛰는
심장 박동

깨어 일어나라!
푸른 잎은
부드러운 음성을 붙들고
마른 가지에서 기지개를 켠다

똑! 똑! 똑!
죽음의 어둔 밤 이기고
승리의 예수님이 새벽빛으로 찾아와
마음의 문 두드리는 소리

긴 겨울에서 일어나
새 생명으로 다시 피어나는
십자가 사랑
푸른 교향곡이 들린다

아파트 출입 카드가 없다
강화유리 출입문이 떡하니 버티고 서서
꼼짝도 하지 않는다

매일, 아니
하루에 몇 번 씩 드나들고
얼굴 훤히 알 텐데

융통성 없는 녀석
아는 체도 하지 않는다

나보다 더 신임 받는
출입카드 한 장

집 주인은
손바닥보다 작은 출입카드
너란 말인가!

새
구
두

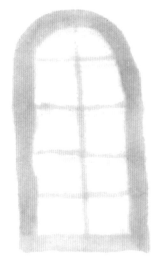

"다녀오리다"
말 한마디 던지고
새 구두 신고 스포츠센터 간다던
가슴 떡 벌어진 남동생

몸 힘든 줄 모르고
탁구시합 다섯 판으로 힘 겨루던
마음만 젊던 중년
새 구두 벗어놓은 채
잠자듯 눈을 감았네

하루 반나절에
하얀 항아리 회색빛 재 되어
훠이훠이 날아갔네
뜨거운 가슴 남겨두고
어찌 가나

훠이! 훠이! 훠이!
붉은 해 사랑 남겨두고
어떻게 가셨나

동
그
란

그
리
움

밤새도록

네 얼굴

눈 위에 새겨놓았더니

아침 햇살이

지워버렸네

보고 싶다

보고 싶다

물 위에 적어놓았더니

소나기가

흔적 없이 지워버렸네

좋아한다
좋아한다
풀잎에게 말했더니
심술궂은 바람이
제멋대로 흔드네

동그란 그리움
내 마음에 여전한데...

놓친 물고기

무심코 던져버린 신문지 한 장
글귀 하나 반짝 들어왔다

"심봤다" 속으로 함성을 질렀다

잊기 전에 글귀 오려두려
부지런히 가위 들고 찾았더니
아뿔싸!
반짝 했던 글귀만 못 찾겠다

귀신 곡할 노릇

이럴 때 꼭 맞는 말이다

돋보기로

현미경으로 찾아도

보이지 않는 고것!

놓쳐버린 물고기는

더 커 보인다더니

나의 물고기,

나의 "심봤다"는

어디로 잠수했을까?

들꽃 교회

실개천 건너
노오란 유채꽃밭 지나서,
찾아오는 이 없는
담장 낮고 마당 좁지만
햇볕 가득한 들꽃 교회

가만히 찾아가
가슴 누르는 무거운 짐
내려놓고 싶은 곳

친구와 서로 마음 달라 얼굴 붉힌 날
조용히 문 열고 들어가
그분께
두 손 모으고 싶은 곳

들꽃 향기 가득한
기도하고 싶은 품

당신 손은 크고 따뜻했습니다

손을 길게 뻗고 기다리셨습니다

나는 외면했습니다

그 손을 붙잡지 않았습니다

그 큰 손이 부담스러워 고개를 돌렸습니다

해방감을 느꼈습니다

지치고 피곤한 저녁에야 뒤돌아보았습니다

아직도 손 내민 채 기다리고 섰는 당신

진정 크고 부드러운 분입니다

머 리 카 락 연 가

이젠 당신을 떠나갑니다
당신이 쓰다듬어주고 씻겨주고
그토록 아꼈어도
떠나야 합니다

새싹으로 솟을 때
당신의 기쁨이었어요
세월의 발자국 따라
하얀 나이테 생겨나고
우리는
만남과 이별을 함께 했죠

오늘
당신을 떠나지만
마음일랑 남겨두고
당신의 사진 한 장으로 남겠어요

오늘
난 당신의 아쉬움을 모르는 척 떠나왔죠
슬퍼 말아요

이 순간 우리 헤어지지만
우주 공간 어디에선가
다시 만날 거예요

초
인
종

어둠이

팔을 뻗으면

낯설 때가 있다

밤이 가까이 온다

한 발자국

또 한 발자국

가끔 나는

어둠 속에서 길을 잃는다

그 때 나는

초인종을 누른다

여보!

반
달

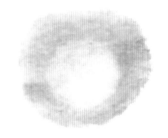

반달로
나누어지는구나
보고 싶은 마음

둘이
손잡으면
둥근 보름달 될 텐데

두 밤 지나면
온다는 당신!
반달로 떠 있네

바라볼수록 쓸쓸히
저 중천에!

어머니는
홀로 배 타고
강 건너가시고

강나루
빈 나룻배 하나
세월의 잔물결 따라 흔들리고 있다

잠시 빌린 몸
훌훌 벗어버리고
혼자 가야 할
어머니 계신 고향
나 떠나온 거기

돌아갈 시간은
한 발자국 한 발자국 다가서고

환송 노래 길 따라
삼베옷 입고
비눗방울 영롱한 빛 속에
타고 갈 나만의 작은 배

강 건너 환한 저편 강변에 닿으면
사랑하는 그 분
한없이 큰 품으로 안아주리

강나루 잔물결에 묶인
작은 배 하나

달에게 묻겠어요
평북 선천 내 고향
진달래 활짝 피었던가요

어머니 빨래하시던 냇가
그 맑은 물
아직도 흐르던가요

벼이삭 누렇게 익은 들판에
허수아비 덩실덩실 춤추던가요

가깝고도 가장 먼 내 고향
초가 굴뚝에
저녁 짓는 연기 오르던가요

꿈에만 가는 내 고향

봄
이

오
는

길
목
에
서

한강 물에 반짝이는 햇빛을 보고
봄인 줄 알았습니다

바람 한 조각 가슴에 담고
봄을 담은 줄 알았습니다

하늘이 맑아서
두 눈에 꼬옥 담았습니다
세상을 몽땅 담은 줄 알았습니다

강물이 흘러가고
바람도
구름도 흘러가고

새싹이 얼굴을 내밀었습니다
봄이 찾아온 걸 보았습니다

우리 함께
개나리 환한
봄 맞으러 가야지요

나뭇잎에 맺혔던 물방울 하나
냇물로 뛰어내렸다

친구들이 반기며 손잡아주었다

햇빛이 반짝이며 찾아오고
바람이 파르르 스쳐 지나가고
물방울은 냇물 따라 한낮을 흐르고 흐르다
눈 꼭 감고 낭떠러지로 힘껏 뛰어내렸다
커다란 물거품과 함께

잔잔한 냇가에 이르면
달콤한 낮잠...
소나기가 내려쳐도
친구들 손만은 꼭 잡고 놓지 않았다

착한 물방울
오늘도 냇물 따라 흐르고 흐른다.

어
머
니

거울 속 내 얼굴에
어머니가 계시네요
하얗게 야윈 얼굴
온화한 미소

당신 머리 올올이
하얗게 눈 내린 지 육십 년

지는 게 이기는 거라 하시던
당신이 때로 바보 같았고
양보만 하라던
당신이 미웠습니다

여섯 남매 뒷바라지에
세끼 밥도 잊으셨던 흥부 아내
굽은 등은 여섯 남매의
징검다리가 되었습니다

후회와 그리움이
파도쳐 왔다가 하얗게 부서집니다

눈을 감으면

음악을 듣고 있습니다
내가 나를 나가
강물로
천천히 들어섭니다

하늘이 내려옵니다
하늘과 강물이 손을 잡았습니다

물이 찰랑댑니다
이 길을 걷습니다
걷고 있는 길로
누군가 마중 나올 것 같습니다

음악이 흐릅니다
하늘 그리운
내가 강물 되어 흐릅니다

낮달

무심코 올려다본 하늘
낮달이
하얗게 머물러 있다

쓸쓸히 내려다보는
잊었던 얼굴

반갑다고
보고 싶었다고
조용히 뇌어본다

그 이름...

희미하게 웃는
창백한 얼굴!

집
으
로

가
는

길

앞을 가리는 안개에
가로등 불빛 흐려
저 앞이 보이지 않네

가로등 밑에 오면
으레 나타났던 집

점점 더 낮게 깔리는
이 안개
나를 에워싸고 놓아주지 않으면
어떻게 찾아가지?

안경을 찾아 끼고 봐도
저 앞이 보이지 않네

함께 있고 싶은 사람

ⓒ 김순희 2017

초판 1쇄 발행 2017년 4월 10일
초판 2쇄 발행 2017년 6월 21일

지은이 | 김순희
발행인 | 강봉자·김은경

펴낸곳 | ㈜문학수첩
주　소 | 경기도 파주시 회동길 192(문발동 513-10) 출판문화단지
전　화 | 031-955-4445(대표번호), 4453(편집부)
팩　스 | 031-955-4455
등　록 | 1991년 11월 27일 제16-482호

디자인·제작 | (주)지엔피링크

홈페이지 | www.moonhak.co.kr
블로그 | blog.naver.com/moonhak91
이메일 | moonhak@moonhak.co.kr

ISBN | 978-89-8392-651-7　03800

이 도서의 국립중앙도서관 출판예정도서목록(CIP)은 서지정보유통지원시스템
홈페이지(http://seoji.nl.go.kr)와 국가자료공동목록시스템(http://www.nl.go.kr/
kolisnet)에서 이용하실 수 있습니다.(CIP제어번호: CIP2017008295)